# सावित्री का संकल्प

काव्य नाटिका

## वेदवंती 'वेदी'

अंजुमन प्रकाशन

Title : Savitri Ka Sankalp

Author : Vedvanti 'Vedi'

Published By-

**Anjuman Prakashan**

942, Mutthiganj, Prayagraj, 211003

www.anjumanpublication.com

anjumanprakashan@gmail.com

Price in India: 250.00/-

Printed and bound in India.

First published by Anjuman Prakashan in 2024

Copyright © 2024

Cover & Typeset by Anjuman Prakashan

ISBN : 978-81-19562-23-7

# समर्पण

मेरी प्यारी माँ स्वर्गीय समुंद्री देवी को

# अपनी बात

हार्दिक धन्यवाद उन तमाम पाठकों को जो मेरी पुस्तक को पढ़ रहे होंगे। आप सभी समझ ही गये होंगे, मेरी यह कृति बिल्कुल भी काल्पनिक नहीं है, सत्यवान सावित्री की पौराणिक कथा से लगभग सभी अवगत हैं। यह कहानी मैंने बचपन में पढ़ी थी और मुझे बहुत अच्छी लगी थी।

ज्यादातर मैं गीत, गजल एवं कविताएँ लिखती हूँ मेरी पहली किताब "हकीकत के करीब" (काव्य संग्रह) प्रकाशित हो चुकी है, भविष्य में और भी कई काव्य-संग्रह के लिये मेरी कोशिश जारी है ।

सावित्री का चरित्र एवं व्यक्तित्व मुझे हमेशा अनुकरणीय लगा। सावित्री में अतुल्य आत्मविश्वास, अद्भुत धैर्य क्षमता, विनम्रता और अपने माता-पिता, परिवार के प्रति का समर्पण भाव आज की पीढ़ी के लिये भी प्रेरणादायक है। विपरीत परिस्थिति में धैर्य न खोकर विवेक और बुद्धि से परिस्थितियों का सामना करना, बिल्कुल सीखने लायक है। सत्यवान की आयु मात्र एक वर्ष है, यह जानते हुए भी उसे शादी करने का निर्णय लेना सत्यवान के प्रति उसके प्रेम की पराकाष्ठा है।

बिना विचलित हुए पति के पार्थिव शरीर को छोड़ यमराज के पीछे-पीछे जाने लगती है, उसे स्वयं पर विश्वास था यमराज का दिल जीत लेगी, और मृत्यु के देवता यमराज उससे खुश होकर सत्यवान का प्राण वापस कर देंगे। मैंने इसलिए ही इस किताब का शीर्षक "सावित्री का संकल्प" रखा।

इस कहानी से हमें यह भी पता चलता है, प्राचीन काल से ही भारतवर्ष में महिलाओं की स्थिति काफी सम्मानजनक रही थी। पिता द्वारा पुत्री को स्वयं वर ढूँढने भेजना, फिर उसके निर्णय का सम्मान करना इसी बात का परिचायक है।

इस किताब को लिखकर मैंने कोई महान कार्य नहीं किया, बस अपनी

काव्य-कला को आजमाने के लिये, अपनी संतुष्टि के लिये इस पुस्तक को मैंने लिखना आरंभ किया।

पारिवारिक जिम्मेदारियों में व्यस्त होने के कारण मेरी यह रचना बरसों अलमारी में पड़ी रही।

फिर मैं एक दिन इसे निकाल कर अपने बच्चों, पति एवं परिवार को पढ़कर सुनाई तो सभी को बहुत अच्छी लगी। फिर इन्होंने ही मुझे इसे एक किताब का रूप देने के लिये प्रेरित किया। सभी के प्रोत्साहन भरे शब्दों से मेरी पुस्तक प्रकाशित करवाने की इच्छा और भी प्रबल हो गयी। मेरी इस कृति को सभी के समक्ष लाने में मेरी बेटी अपूर्वा हर्ष, दामाद शुभम् कुमार, बेटा अनिमेष हर्ष पति श्री विमलानंदन प्रसाद का महत्वपूर्ण योगदान रहा। मैं 'अंजुमन प्रकाशन' का भी सदा आभारी रहूँगी! इन्होंने मेरी रचना को अपने प्रकाशन के योग समझा।

मैं मानती हूँ साहित्य सिंधु में मेरी यह किताब एक बूँद मात्र है, किंतु साहित्य में आंशिक योगदान देकर ही मुझे अपार खुशी की प्राप्ति हो रही है। साहित्य लेखन के क्षेत्र में मेरा अनुभव कम होने के बावजूद भी अपनी महत्वाकांक्षा के दम पर इस क्षेत्र में मैं हाथ आजमाने आ गयी हूँ। इसलिए मेरी सृजन में त्रुटियों का होना स्वाभाविक है।

अतः पाठकों से मेरा विनम्र निवेदन है मेरी गलतियों को नजर अंदाज करते हुए अपनी निष्पक्ष प्रतिक्रियाओं से मेरा उत्साहवर्धन करें।

धन्यवाद,

**श्रीमती वेदवंती 'वेदी'**

# अनुक्रम

# पात्र-सूची

सावित्री

सत्यवान्

यमराज

अश्वपति- सावित्री का पिता

शैब्या - सत्यवान की माँ

धूमत्सेन - सत्यवान के पिता

नारद

दासी - अश्वपति का

गौतम ऋषि - धूमत्सेन का पड़ोसी

वनवासी

आश्रम वासी - राजा धूमत्सेन के

पहला और दूसरा

कर्मचारी -पहला, दूसरा, तीसरा

श्रेष्ठ ब्राह्मण

नर्त्तकियाँ

# दृश्य 1

(राज्यसभा तो नहीं, किंतु नाट्य-मंच के सिंहासन पर महाराज अश्वपति विराजमान है। उनके दायें और बायें तरफ आसन पर मंत्रीगण बैठे हैं। नेपथ्य पर प्रजा की प्रसन्नता का कोलाहल है - 'महाराज अश्वपति की जय... महाराज अश्वपति की जय...' किंतु राजा के मुख मंडल पर एक गंभीर चिंता की रेखा अंकित है।)

{सहसा वो उठकर, जैसे अचानक इस समस्या का समाधान निकल आया हो।}

अश्वपति - दासी!

दासी -    (खड़े हो सर झुकाते हुए हाथ जोड़कर)

      'जी महाराज'

अश्वपति - 'सावित्री से कहो, उसे मैं बुला

रहा हूँ।’

दासी -  ‘जो आज्ञा महाराज।’

{दासी का प्रस्थान! सावित्री का प्रवेश। }

सावित्री - ‘नमस्कार पिताश्री! मेरे लिये

क्या आदेश है?’

अश्वपति - ‘बेटी! अब तू खोज आप ही

वर निज अनुरूप।

मैं हार चुका वर खोज

तेरे गुनों के सरूप।’

क्योंकि सर्व शास्त्रों का

है यह वचन-विधान।

निन्दनीय है तो पिता

जो किया न कन्यादान।

अतः पुत्री यथाशीघ्र तू

वर ढूँढने हो प्रस्थान।

धर्म शास्त्रों में मेरा भी

रख दे तू सम्मान।’

सावित्री-  (कुछ सकुचाते हुए सर झुकाकर...)

‘जो आज्ञा पिताश्री!

मुझे आदेश स्वीकार है।

आपकी हर बात



सावित्री का संकल्प

मेरे हित के ही अनुसार है।'

अश्वपति - 'कर्मचारी!'

कर्मचारी - (उठकर...) 'जी महाराज!'

अश्वपति - 'यथाशीघ्र इन्हें भेजने का प्रबंध

किया जाय।'

कर्मचारी - 'जो आज्ञा महाराज!'


{कर्मचारी का प्रस्थान। शीघ्र ही यात्रा के समस्त साधन लेकर कर्मचारी गण का प्रवेश}


कर्मचारी - (सभी यात्रा सामग्री को रखवाते हुए।)

'लीजिए महाराज, अब यात्रा के

सारे सामग्री तैयार हैं।'

अश्वपति - 'ठीक है, तुम जाओ!

(फिर सहसा...) ठहरो!'

कर्मचारी - (रुककर...) 'जी महाराज!

और कुछ कहना है?'

अश्वपति - 'सावित्री की सारी सखियों से

कहो, वे भी इसके साथ जायेंगी।'

कर्मचारी - 'इस आदेश का पालन

अवश्य होगा महाराज।

आप निश्चित रहें

सभी संपन्न होंगे काज।'


अश्वपति - 'आप ब्योवृद्ध मंत्री गण भी

गतिशील हो जाए पथ पर।

विराजमान हो जाओ बेटी

तुम भी इस सुवर्ण रथ पर।

वन का रास्ता बहुत कठिन है

सावधानी से जाना।

स्वयं का ध्यान रखना बेटी!

पथ बहुत है अंजाना।

खुद से भी ज्यादा भरोसा

करता आया हूँ तुम पर।

वयस्क हो चुकी हो बेटी

निर्णय लेना सोच-समझकर।'


{सावित्री सखियों के संग सोने के रथ पर सवार होती है। दूसरे रथ पर वृद्ध मंत्रीगण सवार होते हैं}

# दृश्य 2

{हरा भरा जंगल है, जहाँ छोटे-बड़े हर तरह के पेड़-पौधे हैं; जहाँ कभी-कभी चिड़ियों के चहकने की आवाज़ें भी आ रही है। कहीं-कहीं झोपड़ी भी नजर आते हैं। इस वन के बीच रास्ते से दो रथ चला आ रहा है जहाँ एक पर मंत्री हैं और दूसरे पर सावित्री।

सखियों के संग मधुर गीत गाती हुई चली आ रही है।}


सावित्री - 'आज किसी अपने से मेरा

परिचय होने वाला है।

ये जीवन मेरा किसका है

यह निश्चय होने वाला है।

उमड़ रहें हैं मेघ अंबर में

पवन अंगड़ाई ले तरुवर में।

आज साथ मेरे है प्रकृति

मेरे इस स्वंयवर में।

लगता है अब जीवन मेरा

आनंदमय होने वाला है।

आज किसी अपने से...


सदियों से सोया भाग्य था मेरा

अब वो जगने वाला है।

जीवन के जितने बात विकृत थे

आज सँवरने वाला है।

लगता है अब निश्चय ही

मेरा परिणय होने वाला है।

आज किसी अपने से...


जिस क्षण होगा उनका दर्शन

वो होगा अति संतोष-जनक।

मेरे हृदय कमल खिल जायेंगे

और खुले रह जायेंगे पलक।

अब यौवन और सौंदर्य मेरा

कांतिमय होने वाला है।

आज किसी अपने से...

बात अरण्य की क्या कहें हम

समस्त दिशा है सुगंध वाला।

गा रहे हैं गीत गगन में

पंछी मुक्त छंद वाला।

लगता है आने वाला पल

मंगलमय होने वाला है।

आज किसी अपने से...

{उनका रथ बन के विभिन्न रास्तों से गुजरते हुए कुछ ऋषियों के आश्रम सम्मुख रुकता है। सावित्री की दृष्टि एक तपस्वी कुमार पर पड़ती है और अचानक उसके मन में स्थिरता उत्पन्न हो जाती है, जैसे उसे सर्वश्रेष्ठ मिल गया हो। थोड़ी देर रुककर वो सखियों के संग रथ से नीचे उतरती है, इतने में उसे एक वनवासी दिखाई देता है}


सावित्री - (वनवासी के निकट जाकर)

'वो कौन हैं जो पेड़ों से

कर रहे हैं लड़कियाँ एकत्रित।

पर यहाँ क्या कर रहे हैं

हो तो रहे राजकुमार प्रतीत।'


वनवासी - (हाथ जोड़कर)

ठीक कहा राजकुमारी आपने

वह एक राजकुमार हैं।

पर राज्य छीन गया पिता का

वन में रहने को लाचार हैं।

शाल्व के राजा धुमत्सेन के

वो इकलौती संतान हैं।

करते सेवा माता-पिता की

नाम उनका सत्यवान है।

क्योंकि उनके माता-पिता

दोनों ही दृष्टिहीन हैं।

सत्यवान हैं सर्वगुण सम्पन्न

सभी कार्यों में प्रवीण हैं।


सावित्री - तो वे राज्य के सुख-वैभव से

कुछ दिनों से वंचित हैं।

पर वो अवश्य नेक इंसान होंगे

उनके माथे पर अंकित है।


वनवासी वासी - जी राजकुमारी!

{सावित्री मन ही मन सत्यवान को अपने पति रूप में देखती हुई आश्वस्त होकर सखियों संग रथ पर चढ़ती है, फिर दोनों रथ वापस चल पड़ते हैं।}

# दृश्य 3


{एक दिन भद्रराज अश्वपति अपनी सभा मंच पर बैठे देव ऋषि नारद जी से बातें कर रहे हैं। मंत्रियों के साथ विभिन्न स्थलों से विचार कर सावित्री का प्रवेश।}


सावित्री - 'प्रणाम पिता श्री! आपको भी

देव ऋषि नमस्कार!'

अश्वपति

एवं नारद - (दोनों एक साथ)

'सौभाग्यवती भवः पुत्री!'


नारद -    (सावित्री को देखकर राजा से...)

हुई युवती आपकी पुत्री

विवाह नहीं किये क्यों राजन्।

क्या इसके योग्य आपको

मिला नहीं है कोई जन।'


अश्वपति - 'भेजा था मैंने वर ढूँढने

इसे रथ, आदि युक्त।

यह अभी ही लौटी है

आप पूछे किसे की नियुक्त।'

(सावित्री की ओर इशारा करके...)

'तू अपना वृत्तांत सुना'

सावित्री - (सर झुकाकर...)

राज्य छीन हो राजा साल्व के

कर रहे तपस्या वन में हैं।

जिनके सुपुत्र सत्यवान को

वरण किया मैंने मन में है॥'

अश्वपति - (नारद जी से...)

'राजकुमार सत्यवान तेजस्वी,

बुद्धिमान तो हैं ना।

शूरवीर और सद्गुणी,

क्षमावान् तो हैं ना॥'

नारद - धुमत्सेन पुत्र सत्यवान

तेजस्वी सूर्य समान हैं।

वीर इन्द्र के सम और

बुद्धिमान गुरु समान है।।

रन्तिदेव सम दानी और

क्षमाशील पृथ्वी समान है।

इन्दु सम प्रियदर्शी और

रूपवान अश्विनी समान है।।

वो जितेंद्रिय, मृदुल स्वभाव

शूरवीर और मिलनसार है।

वो ईर्ष्याहीन, लज्जाशील

मृदुभाषी और उदार है।।'


अश्वपति - (नारद को रोकते हुए,...)

देव आप तो बता रहे हैं

उसे सर्वगुण संपन्न।

यदि कुछ दोष है उसमें

तो बताएँ आप बिन कृपण।।'

नारद -     (थोड़ा गंभीर होकर...)

है उसमें एक दोष जिससे

दबे हैं उसके सारे गुण।

एक वर्ष ही बाद सत्यवान की

मृत्यु देगा दुख करूण।।'

अश्वपति - (चिंतित होकर...)

बेटी! पुन: तू जाकर कर ले

दूजे वर की खोज।

सत्यवान - मृत्यु से तेरा

जीवन होगा दुखमय रोज।।

सत्यवान की आयु सिर्फ

एक वर्ष ही शेष है।

यह अमिट यथार्थ है पुत्री

नहीं मेरा उपदेश है।।

कभी अजय न हुआ जगत में

मृत्यु जो निश्चय है।

यह अभिन्न अंग है जीवन का

कोई खेल नहीं प्रणय है।।'

सावित्री - (अपने आप को नियंत्रित करते हुए)

मैं मानती हूँ विधान विधि का

कोई नहीं मिटायेगा।

किंतु मेरे मन: अंकुर

को भी कौन उखाड़ेगा।।

तुमत्सेन पुत्र सत्यवान को

अपना सर्वस्व मान चुकी हूँ।

जीवन बिताऊँ उनके संग

स्वयं में ठान चुकी हूँ।।

हित अहित का कर विश्लेषण

मैंने लिया ये निर्णय है।

हम आप क्या कर सकते हैं

अगर विधि ही निर्दय है।।

अश्वपति - (व्यथित होकर...)

बेटी! पिता हूँ तेरा,

इस हक से मेरी भी श्रद्धा है।

मैं कैसे होऊँ सहमत?

कल मृत्यु से तेरी स्पर्धा है।।

अत: उसे विस्मृत कर दे

इसी में तेरा हित है।

एक सत्यवान ही नहीं

जगत में और श्रेष्ठ चरित है।।'

सावित्री- (विकलता से...)

नहीं-नहीं पिता श्री!

मुझसे ऐसा नहीं होगा।

बिना देह किसी प्राण का

क्या कहीं आश्रय होगा?

वे सिर्फ मेरे भावी पति नहीं

वे मेरे प्राण-प्रिय हैं।

उन्हें विस्मृत करना है दुर्लभ

क्या जल बिन मत्स्य है।।'


अश्वपति -'किंतु कभी न झूठ हुआ है

नारद जी की भविष्यवाणी।

तुम्हें तो ज्ञात ही होगा पुत्री

तुम तो हो स्वयं सुज्ञानी।'

सावित्री -(दृढ़ता एवं विनम्रता से...)

मुझे ज्ञात है पिताश्री!

वेद शास्त्रों का वचन।

मगर छोड़ता नहीं पतिंगा

दीपशिखा का कर चयन।।

जंजीरों से अबंध हृदय हो

यही मेरी अभिलाषा है।

ये सिर्फ मेरी इच्छा नहीं

मेरी अंतरात्म की भाषा है।।

एक वर्ष का सुखमय जीवन

ही मेरी दिलासा है।

आगे अपने सतित्व पर

पूरा मुझे भरोसा है।।

भाई-भाई का बँटवारा और

कन्यादान होता एक बार।

मेरा लिया संकल्प भी

पिताश्री! होता एक ही बार।।

तो मैंने किया है वरण जिसे

ओ अल्पायु हैं या दीर्घायु।

अब होंगे वही पति मेरे

भले हो जाए उनकी मृत्यु।।'

अश्वपति - (उत्तेजित होकर....)

बेटी! तू होश में तो हो न?'

सावित्री -'सर्वप्रथम मन में निश्चय कर

बात वाणी से कहते हैं।

तत्पश्चात उस वाणी को

कर्म में परिणत करते हैं।।

अतः इस विषय पर मेरा

मन ही पूर्ण प्रमाण है।

क्षमा करें मुझे पिता श्री!

मेरा इसमें ही कल्याण है।।'

नारद -    (सभी बात सुनकर....)

सावित्री की बुद्धि राजन्

निर्मल और सबल है।

इसे हटाना धर्म पथ से

निश्चय ही अविचल है।।

अतः विवाह सत्यवान से ही

करना इसका उचित होगा।

ईश्वर की कृपा से इनका

सुखमय गृहस्थ निश्चित होगा।।'


अश्वपति - 'ठीक है देव-ऋषि

यदि आप यही कहते हैं।

तो शिघ्र हम विवाह सामग्री

का प्रबंध करते हैं।'

(कर्मचारी से...)

हमारी पुत्री सावित्री का

अविलंब विवाह प्रबंध हो।

दहेज को सोने-चाँदी

हीरे, रथ आदि अबंध हो।'

कर्मचारी - 'जो आज्ञा, महाराज!'

अश्वपति -'सारी सामग्रियाँ सजाकर

रथ में जाने की तैयारी हो।

मेरी प्रिय पुत्री के परिणय में

कमी न कुछ हमारी हो।।

ब्राह्मण गाणों की उपस्थिति

वहाँ अति अनिवार्य होगा।

धूमत्सेन के आश्रम में ही

सम्पूर्ण विवाह कार्य होगा।।

सावित्री की सखियों से कहो

उसका संपूर्ण शृंगार करें।

कीमती वस्त्र, आभूषणों से

सुशोभित हर प्रकार करें।।'

# दृश्य 4

{एक हरे-भरे वन में शाल्व वृक्ष के नीचे नेत्रहीन राजा धूमत्सेन कुशासन पर बैठकर तपस्या कर रहे हैं, उनके पास एक कुटिया भी है जहाँ धूमत्सेन की धर्मपत्नी शैब्या बैठी हुई हैं। वहीं पर राजा अश्वपति वैवाहिक सामग्री, ब्राह्मण तथा कन्या को साथ लेकर पहुँचते हैं।}

अश्वपति - (धुमत्सेन के सम्मुख जाकर...)

हे राज ऋषि, प्रणाम!

मैं हूँ भद्र देश का प्रजा सेवक।

पर एक कुँवारी कन्या का भी

हो अति चिंतित जनक।'

(राजा धूमत्सेन यथाशीघ्र जल एवं आसन आदि से राजा का सत्कार करते हैं)

धूमत्सेन - (विनम्र होकर...)

महाराज...! पधारे कैसे?

मेरी कुटिया किस निमित्त।

आपके सत्कार को तो

साधन हमारा है सीमित।।'

पश्चपति - (सावित्री के सिर पर हाथ रखते

हुए)

हे राज-ऋषि! मेरी कन्या के

योग्य है आपके कुमार।

इसे आप धर्मानुसार

करें पुत्रवधू स्वीकार।'


धूमत्सेन - (विस्मित होकर दीन वाणी से)

'हम राज्य भ्रष्ट हो संयम-पूर्वक

रह रहे अभी वन में है।

और तपस्वी सम जीते हैं

अब नहीं कुछ जीवन में है।

पुत्र सत्यवान का जीवन

अति सादा और सरल है।

हमारी सेवा में व्यतीत उसके

जीवन का हर पल है।।

जबकि कन्या आपकी

सुकुमारी और सुयोग्य है।

इस वन-जीवन का कठिन कष्ट

यह नहीं सहने योग्य है।।'


अश्वपति - 'सुख-दुख स्थाई नहीं है

ये हम सभी मानते हैं।

तथा मैं और मेरी पुत्री

इस बात को जानते हैं।

बहुत सोच समझ कर हम

जो कार्य आरंभ करते हैं

प्राय: उन सभी कार्यों में

पूर्ण सफल हम रहते हैं।

हम भी बहुत विचार-विमर्श कर

आये आपके पास हैं।

इसी में मेरी पुत्री के

सौभाग्य का शिलान्यास है।।'


धुमत्सेन - (परिवार साथ कृतज्ञ होकर...)

परम सौभाग्य हमारा

कि आप हमारे कुटिया आये।

कैसे कहूँ कृतज्ञ हूँ कितना

हम देवी-सा पुत्र वधू पाये।।'



{सावित्री धूमत्सेन और उनकी पत्नी शब्या का चरण स्पर्श करती है, शीघ्र विवाह सामग्रियों को सजाया जाता है, फिर ब्राह्मणों के द्वारा सावित्री और सत्यवान का विवाह संपन्न होता है।}

# दृश्य 5

{रंगमंच के संपूर्ण सीमित स्थल पर प्रकृति के क्रिया कलाप जारी हैं। सूर्य अस्त हो चुका है। चाँदनी धीरे-धीरे अपनी रौशनी फ़ैलाने को है। सत्यवान और सावित्री आज सदा के लिये परिणय सूत्र में बँध चुके हैं।

आज से वो पूर्ण रूप से एक-दूसरे को समर्पित हैं। एक वृक्ष के नीचे जीवन में प्रथम बार ये दंपति कुछ मधुर वार्तालाप में तल्लीन हैं।}

सत्यवान - (कृतज्ञता और प्रेम से)

'प्रिये आज मैं धन्य हुआ

तुम सा सहयोगिनी पाकर।

नव उज्जवल-सा दीप जलाई

तू मेरे जीवन में आकर।।

मेरे जीवन में आने हेतु

सदा तुम्हारा ऋणी रहूँगा।

परामर्श तुम्हीं से लेकर

जीवन का हर कार्य करूँगा।

मैं सोचा न था स्वप्न में भी

मेरा होगा यू उद्धार।

मैं मात-पिता सेवा में निज

जीवन था किया निसार।।

मेरे जीवन में आज सा

सुहाना दिन नहीं आया था।

मैं इतना आनंद आज से

पहले कभी न पाया था।।'


सावित्री - (स्नेहिल दृष्टि से सत्यवान को देखकर...)

'सदियों से जिस बेली को सींचा

मैंने अपने हृदय में।

दिया प्रकृति ने आज वही फल

उसने अपने प्रदय में।।

(पुनः प्रकृति की ओर दृष्टि करके...)

गा रहे हैं भँवरे गुनगुन

सप्त-सुरों के लय में।

आया अति आमोद पल

इस जीवन के इस वय में।।'

सदियों से जिस बेली को सींचा...


तन-मन भ्रमण कर रहा है

सीमाहीन गगन में।

अतृप्त आश हर पूर्ण हुआ

अह्लाद परम है मन में।।

कितना आनंद देता है

खग गुंजित कलरव कानन में।

है राज्य-भवन में सुख कहाँ ऐसा

जो है इस शांतिमय में।।

श्वेत धार नदियों के बहते

सिंधु से विलय में।

सभी प्रसन्न हैं अपने-आप

अपनी कर्म विजय में।।

सदियों से जिस बेली को सींचा...


मधु-मक्षिकाएँ व्यस्त हैं

मधुरस संचयन में।

सूर्यास्त और उदय का दृश्य

तृप्ति देता है नयन में।।

स्निग्ध चाँदनी बिछी हुई है

अवनी और अंबर तल में।

क्या-क्या न रत्न जड़ित है

इस प्रकृति के आँचल में।।

हम भला क्या गां सकेंगे

महत्ता इसकी वचन में।

विमुख हो इसके कर्मों से

रहेंगे सुखी जीवन में।।'

सदियों से जिस बेली को सींचा...


{देखते-देखते सुखमय गृहस्ती आरंभ है, सावित्री के प्रतिदिन का समय सास-ससुर और पति की सेवा में समर्पित है,सास-ससुर के मुख-मंडल पर प्रसन्नता और संतुष्टि के भाव अंकित हैं, उनके मन और वचन से असमय ही सावित्री के प्रति आशीर्वाद की फुलझड़ियाँ झड़ते रहते हैं 'सौभाग्यवती भव: पुत्री!"}

# दृश्य 6

{तीन दिन के उपवास से सावित्री का देह दुर्बल है। वह दैनिक कृत्य समाप्त कर सभी ब्राह्मण बड़े-बूढ़े, सास-ससुर को प्रणाम कर खड़ी हुई है, इसी वक्त राजकुमार सत्यवान कंधे पर कुल्हाड़ी लेकर वन गमन के लिये तैयार होते हैं।}

सावित्री- (विनम्रता से हाथ जोड़कर...)

क्षमा करें मुझे स्वामी!

आज मैं भी आपके साथ चलूँगी।

आपके साथ विचरते हुए

बहुत कुछ वन में देखूँगी।।'

सत्यवान- (सावित्री के कंधे पर हाथ रखकर...)

प्रिये! तुम उपवास के कारण

कई दिनों से भूखी हो।

वन का रास्ता बहुत कठिन है

तुम निर्बल और सूखी हो।।'


सावित्री -'स्वामी मुझे उपवास से

तनिक नहीं थकान है।

आज जाऊँ आपके साथ

मेरी इच्छा एवं अरमान है।।'


सत्यवान- 'अच्छा तुम्हें उत्साह ही है

तो ठीक है मेरे साथ चलो।

किंतु माँ और पिताश्री से

आशीर्वाद और आज्ञा ले लो।।'


सावित्री - (सास-ससुर का पाँव छूते हुए...)

प्रणाम माता श्री!

प्रणाम पिता श्री!

स्वामी संग वन जाने को

आज मैं अत्यंत इच्छुक हूँ।

अतः आपके पास आयी हूँ

आज्ञा की मैं भिच्छुक हूँ।।'

धूमत्सेन - (प्रसन्नता से...)

सौभाग्यवती भवः पुत्री!

जब से तू हमारे घर आयी

हमें याचना स्मरण नहीं।

अतः बेटी तू जा सकती है

हमें कष्ट कल्पन नहीं।।'

शैब्या -   'जा बेटी किंतु ,

बड़ी सावधानी से जाना।

पर विलंब न करना

सूर्यास्त से पहले घर आना।।'

सावित्री - जी माता श्री!

# दृश्य 7

[रंगमंच पर कई छोटे बड़े कृत्रिम वृक्ष एवं पौधे हैं, जहाँ पर कृत्रिम फल-फूल लगे हुए हैं। सत्यवान एक वृक्ष पर चढ़कर लकड़ियाँ काटना आरंभ करता है। सावित्री उसके समीप ही छोटे-छोटे पुष्प-पौधों एवं पेड़ों से फल-फूल आदि एक टोकरी पर एकत्रित करती है। कुछ देर बाद सत्यवान का सावित्री के पास जाकर...]

सत्यवान- (डगमगाते हुए कदमों से...)

'न जाने मुझे आज क्यों

चक्कर आ रहा है।

मेरे सारे देह में

दर्द लहर-सा छा रहा है।।'

सावित्री - (शीघ्रता से सत्यवान को पकड़ते हुए)

'नाथ! आप यहीं पर लेटकर

थोड़ा विश्राम कीजिए।

मैं हूँ आपके निकट ही

आप आँखें मूँद लीजिए।'

{सावित्री शीघ्रता से पास आकर उसके सिर को गोदी में लेते हुए जमीन पर बैठती है। इतने में सूर्य के समान तेजस्वी मुकुटधारी, श्याम-शरीर, लाल वस्त्र पहने हाथ में पाश लिये यमराज की उपस्थिति।}


सावित्री - (भ्रमित किंतु विवेक से)

'किस निमित्त आप आये हैं?

और आप हैं कौन?

परिचय अपना दीजिए

मेरे पति अभी हैं मौन।।'


यमराज - 'मैं हूँ जीवों के मुक्ति कर्ता

परम कृपाला यमराज।

तेरे पति की आयु भी

समाप्त हो चुकी है आज।।'

सावित्री - (घबराहट को नियंत्रित करते हुए...)

भगवन..! लेने मनुष्य को तो

आते आपके दूत हैं।

किंतु मेरे पतिदेव को लेने

क्यों स्वयं उपस्थित हैं।।'


यमराज - 'सत्यवान सद्गुणों, धर्मों

का समुद्र सुयोग्य है।

अस्तु मैं स्वयं आया

यह नहीं दूतों के योग्य है।।'


{यमराज का सत्यवान के शरीर से जीवात्मा को लेकर दक्षिण दिशा की ओर प्रस्थान। सावित्री भी उसके पीछे गतिमान।}


यमराज - (मुड़कर)

'सावित्री! तू लौट जा और

कर पति का दैहिक-संस्कार।

मुक्त हुई तू, नहीं रहा अब

तुम्हें पति सेवा का भार।।'


सावित्री - (विनम्र होकर...)

'परम धर्म है मेरा जाना

जहाँ जायेंगे मेरे नाथ।

नहीं रुक सकती गति मेरी

अगर सुकर्म है मेरे साथ।।'


यमराज -'सावित्री तेरी युक्ति से

मैं अत्यंत प्रसन्न हूँ।

सिवा तेरे सत्यवान जीवन।

वर माँग, देने को कर्मन हूँ।।'


सावित्री - (विनीत स्वर में हाथ जोड़कर...)

'राज्य भ्रष्ट हो ससुर मेरे

रहते हैं वन में निधंधे।

यदि प्रसन्न है मुझसे आप

तो उनका छिना सर्वधन दें।।'


यमराज - 'सावित्री! तेरे ससुर का

खोया धन पुनः प्रवेश होगा।

अब तू लौट जा जिससे

तुम्हें श्रम नहीं विशेष होगा।।'


सावित्री - 'पतिदेव के निकट भला

मुझे कैसा श्रम होगा।

हर क्षण करूँ उनकी सेवा

यही मेरा सुख परम होगा।

सिवा इसके एक और बात

संत समागम नहीं निष्फल होता।

पर इससे भी बड़ी बात

प्रेम उनसे अभीष्ट फल होता।'


यमराज - 'हे सत्य मृदु-भाषिणी!

तूने जो हित की बात कही।

अतः प्रसन्न हूँ, माँग दूजा वर

मगर पति का प्राण नहीं।'


सावित्री- (हाथ जोड़कर...)

सास-ससुर मेरे दोनों

सदियों से दृष्टिहीन हैं।

उनको अपना दृष्टि मिले

आप दानी प्रभु विकीर्ण हैं।'


यमराज - (दाहिना हाथ आश्वासन मुद्रा में उठाकर...)

'ऐसा ही होगा पुत्री!

अब तू लौट जाओ वापस।

सास-ससुर होंगे प्रतीक्षा में

जाकर दो उनको ढाँढ़स।।'


सावित्री -(हाथ जोड़कर)

'देव! समस्त इस प्रजा का

करते आप नियमन है।

मन, वचन और कर्म से

करते धर्म सनातन हैं।।

संत-असंत हो या सज्जन

एक सम कृपा करते हैं।

निष्पक्ष कृपा हर जिवों पर कर

धर्मराज कहलाते हैं।।'


यमराज - 'हे कल्याणी! तेरी वाणी

लगती है मुझे प्रिय अति।

अतः माँग तीसरा वर भी

पर नहीं सत्य जीवन विनती।।'


सावित्री - (हाथ जोड़कर...)

'हे देव! अब तक पिता मेरे

अश्वपति हैं नि:संतान।

                                         

अतःसुयोग्य सौ पुत्र हों उनके

आप ऐसा उन्हें दें वरदान।।'


यमराज - (पुनः आश्वासन मुद्रा में...)

'तथास्तु, पिता को तेरे

होंगे सौ संतान यशस्वी।

बहुत दूर तुम आ चुकी हो

अब तो लौट जाओ तपस्वी।।'


सावित्री - (भावुक होकर...)

'पतिदेव की सन्निधि से

मुझे दूरी का नहीं आभास।

बिना इनके नहीं भूख-प्यास

जीवन मेरा है करावास।।

शत्रु, मित्र पर समान न्याय कर

कहलाये आप धर्मराज।

अतः स्वयं से अधिक विश्वास

करते लोग हैं आप पे आज।।'


यमराज - (आश्चर्य एवं प्रसन्नता से...)

'सावित्री! अब से पहले मैंने

सुना नहीं था ऐसा वचन।

अतः चौथा वर भी माँग

आज मैं तुमसे हूँ प्रसन्न।

सिर्फ तुम्हें पति ही नहीं

परिचितों से भी प्रीति है।

तेरी निष्ठा के आगे

नत-मस्तक जग की रीति है।।'


सावित्री - (विनीत स्वर में हाथ जोड़कर सर

नीचे करके...)

'हे देव! अगर यह सच है

तो पुत्रवती कहलाऊँ मैं।

तथा साथ ही इसके अपना

कुशल चरित्र न खोऊँ मैं।'


यमराज - (दाहिना हाथ उठाकर...)

'सौ सुयोग्य संतानों की

तू कहलायेगी पुत्रवती।

बहुत दूर तुम आ चुकी अब

वापस कर लो निज गति।।'

सावित्री - (आश्चर्यचकित होकर...)

'सत्पुरुषों की वृत्ति

धर्म में लगी निरंतर है।

उनका हृदय व्यथीत भी हो तो

परोपकार में तत्पर है।।

आप प्रभु! पुत्रवती होने का

मुझे दिये वरदान हैं।

किंतु, मेरे पतिदेव को तो

साथ लिये गतिमान हैं।।

( पुनः हाथ जोड़कर... )

भगवन! वरदान आपका

कैसे यूँ ही सफल होगा।

क्या आपके मुख की वाणी

ऐसे नहीं विफल होगा?'

यमराज - 'पतिव्रते! ज्यों-ज्यों तुम

कर रही बातें गंभीर हो।

स्पष्ट होता जाता है

तू अवश्य मति-धीर हो।

तेरे प्रति श्रद्धा मेरी

हो रही अधिकतम है।

अत: वो वर भी माँग ले
जो तेरे लिये अनुपम है।'


सावित्री - 'देव! मुझे वरदान आप
पुत्र प्राप्ति का दिये हैं।
किंतु मेरे पतिदेव को
अब तक अपने साथ लिये हैं।।
स्वयं सोचकर बोलिए
वरदान कैसे आपका सत्य होगा।
आपका वरदान पाकर भी
अपूर्ण हमारा लक्ष्य होगा।।
अत: यही वर माँगती हूँ
आप इन्हें जीवित करें।
और अगर यह उचित नहीं
तो मुझे भी आप मृत करें।।'


यमराज - (प्रसन्नता से उत्साहित होकर...)
'तथास्तु..! धन्य हो पुत्री!
तूने मुझको जीत लिया।
सिर्फ इतना ही नहीं समस्त
कुल को भी उपकृत किया।।

                                      *सावित्री का संकल्प*

लो सत्यवान का बंधन

अब मैंने है खोल दिया।

और वही होगा अब

जो मैंने तुमसे बोल दिया।।

सत्यवान अब साथ तेरे

जीवित रहेगा लाखों वर्ष।

और रहेगा स्वास्थ्य सदा

तेरा जीवन होगा हर्षो-हर्ष।।'


{यमराज का अंतर्ध्यान। सावित्री वापस आकर सत्यवान के सर को अपने गोद में रखती है। थोड़ी देर में सत्यवान की चेतना जागृत होती है।}


सत्यवान - 'मैं कहाँ गया था?

क्या अब तक भी सोया था।

वो काले रंग का मानव...

क्या सपनों में खोया था।।'


सावित्री - 'वो श्याम वर्णित मानव

प्रजा नियामक यमराज थे।

वो अब अपने लोक गये

आपको लेने आये आज थे।।

कभी बताऊँगी ये बातें

अभी सूर्य हो चुका है अस्त।

शीघ्र चलें हम आश्रम को

वहाँ होंगे सभी चिंताग्रस्त।।'


सत्यवान - (उठते हुए...)

'ठीक है अविलंब चलो

अब स्वस्थ है मेरा पूर्ण शरीर।

मुझे मात-पिता की चिंता है

स्थिति होगी उनकी गंभीर।।

मेरे पूज्य माता-पिता का

मुझ बिन जग ये निर्जन है।

उन्हें समर्पित मेरा तन-मन

और मेरा ये जीवन है।।'

(आश्रम की ओर दोनों का प्रस्थान।)

# दृश्य 8

{नाट्य मंच के ठीक बीच में आश्रम है, उसके चारों ओर एक सामने से द्वार छोड़कर बाँस की कलगियों के सहारे बरामदा तैयार है। जिसके बाहर और भीतर छोटे-बड़े पेड़-पौधे हैं। आश्रम पर कुशासन बिछाया हुआ है, जहाँ पड़ोसी आश्रम वासी भी पधारे हुए हैं। आश्रम के बाहर और भीतर एक-एक दीप जल रहा है। अँधेरा गहराता जा रहा है। धुमत्सेन और उनकी पत्नी शैब्या भी अब दृष्टिवान हैं, किंतु पुत्र और पुत्रवधू के न आने से

चिंतित होकर आश्रम के बरामदे में रानी शैब्या के साथ चलते हैं।}


धुमत्सेन -'शैब्या... रानी शैब्या..!

अब मैं सब कुछ देख रहा हूँ।

अब सत्य को न होगी कष्ट

मैं स्वयं चल-फिर सकता हूँ।।'

शैब्या - 'स्वामी! प्रभु की लीला भी
होती है अपरंपार।
मैं भी अब स्वयं के आँखों
देख रही हूँ संसार।।'
(पुनः चिंतित होकर दोनों हाथ मसलते हुए रानी शैब्या से।)

धूमत्सेन - 'पता नहीं किसी अनहोनी से
सत्य अभी तक नहीं आया।
बहू भी आज साथ गयी है
क्या उस पर विपत्ति आया।।'


शैब्या - (आशंकित होकर...)
'मेरा भी जी घबराता है
वह है किसी झंझट में।
स्वामी! आप कुछ कीजिए
वो होंगे किसी संकट में।'


धूमत्सेन- (विकलता से...)
'पर मैं क्या कर सकता हूँ?
रात गगन अँधेरी है।
विचित्र घड़ी आज आयी है
कैसी विकलता घेरी है।।'


आश्रमवासी
शहला - 'हे राज ऋषि! आप धर्य रखें
उनका नहीं अनुचित होगा।

और अगर होगा भी तो

देव कृपा नहीं वंचित होगा।।'


आश्रमवासी

दूसरा -    'और आपका सत्यवान तो

शूरवीर है सूर्य समान।

परास्त है उनसे हर संकट

तिनके सम हैं तीर-कमान।।'


{सत्यवान और सावित्री का प्रवेश।}


आश्रमवासी

पहला -     (प्रसन्नता से...)

'लो राजन,अब आपके

पधारे पुत्र, पुत्रवधू भी।

और सबसे है शुभ बात

प्राप्त है आपको चक्षु भी।।'


धूमत्सेन - (प्रसन्नता से चिखकर...)

'पुत्र...! सत्य!'

सत्यवान - 'नमस्कार पिताश्री! क्षमा करें

आज हमें आने में देर हुई।'

धुमत्सेन - (उसे उठाते हुए...)

'आयुष्मान भवः पुत्र!'

शैब्या - (प्रसन्नता से चीखंकिर...)

‘पुत्री सावित्री...’

सावित्री - (पैरों को छूते हुए...)

'नमस्कार माता श्री!’

शैब्या -   (उसे गले लगाते हुए...)

'सौभाग्यवती भवः पुत्री!’

सावित्री - (विनम्रता से...)

'नमस्कार पिताश्री! क्षमा करें

मेरे कारण आपको कष्ट हुआ।

आज जीवन में प्रथम बार

समयनिष्ठ मेरा भ्रष्ट हुआ।।’


शैब्या -   (सत्यवान के शरीर को स्पर्श करते हुए...)

'कोई बात नहीं बेटा है

तुम तो पूर्ण सुरक्षित हो?

किंतु इतनी देर क्यों

क्या घटना कोई घटित हो।।’


आश्रमवासी

दूसरा -   'तुम रात इतनी कैसे किये?

क्या कोई आया अड़चन था।

या जिस हेतु थे वन गये

वो कार्य हुआ न संपन्न था।।’

सत्यवान - 'मैं पिता श्री से आज्ञा लेकर

सावित्री संग वन गया।

जब मैं लकड़ी काट रहा था

मेरे सर में दर्द हुआ।।
जिस वेदना के कारण
बहुत देर तक मैं सोया।
यही कारण है आज हमें
आने में इतना विलंब हुआ।।'

गौतम ऋषि - 'सत्यवान, आज पिता को तेरे
हुआ आप ही दृष्टि प्राप्त।
जिसकी सत्यता अभी तक
हमें नहीं किसी को ज्ञात।।
यह वास्तविकता सिर्फ
सावित्री ही बता सकती है।
वो भूत-भविष्य के बातों का भी
पूर्ण ज्ञान रखती है।।'
(पुनः सावित्री से...)
तुम्हें प्रभावों में हम
साक्षात् सावित्री मानते हैं।
अतः इसी कारण हम
तुमसे जिज्ञासा रखते हैं।।'

सावित्री - 'अमुक दिन मृत्यु होगी इनकी
मुझे नारद जी ने बताया था।
जो एक वर्ष पश्चात् वो
अशुभ दिन आज आया था।।
इसी से अकेले जाते देख
मैं भी इनके साथ गयी।

यही कारण है आज हमें

आने में इतनी रात हुई।।

(पुन: स्मरण करते हुए...)

सर दर्द के कारण जब ये

मेरे पास सोये थे।

मृत्युलोक ले जाने इन्हें

साक्षात् यमराज आये थे।

तब सत्य प्रिय वचनों से मैंने

देव श्रेष्ठ की, की स्तुति।

जिसके फल स्वरूप मुझे

हुई पाँच वरों की प्राप्ति।।'

जिस प्रथम वरदान में

सास-ससुर जी को है नेत्र मिला।

और दूसरे वर में इन्हें

समस्त स्वत्व क्षेत्र मिला।।

तृतीय वरदान में मेरे

पिता श्री होंगे पुत्रवान।

और चतुर्थ में मेरे भी

सौ पुत्र होंगे यशवान।।

तथा पंचम में मेरे

पति की जीवन प्राप्ति थी।

इसी उद्देश्य से मैं अपना

व्रत कभी न त्यागती थी।।'

गौतम ऋषि - 'धन्य हो तू सावित्री...!

सुशीला आचरण वाली हो।



*सावित्री का संकल्प*

व्रतशीला, साध्वी और
वरदान दिलाने वाली हो।।
अब तक न हुए थे कोई नर
जो मृत्यु को था जीत लिया।
मगर साथ तू इसके समस्त
कुल को भी उपकृत किया।।
तुम्हें और क्या कहे भला
कहना कोई गंतव्य नहीं।
तू साक्षात सावित्री है
हमारा कोई मंतव्य नहीं।।
जितनी भी तेरी महत्ता बोलें
बहुत शेष रह जाएगा।
संपूर्ण जगत में अमर तेरी
कीर्ति-परिवेश रह जाएगा।
{शाल्व देश के कर्मचारियों का प्रवेश।}

कर्मचारी गण -	'महाराज धुमत्सेन की जय, 3
	महाराज धुमत्सेन की जय...'

धुमत्सेन -	(आश्चर्य से...)
	'क्या...! मैं और महाराज!
	तुम कहना क्या चाहते हो?'

पहले कर्मचारी -	'राजन्! शाल्व के राजा को
	उसके ही मंत्री ने मारा।
	तथा साथ ही उसने
	उसके सारे स्वजन को मारा।।'

दूसरा कर्मचारी - 'अब शत्रु की सारी सेना
                 यहाँ से भयाक्रांत सिद्धारे।
                 अतः प्रजा का निर्णय है
                 आप ही राजा हों हमारे।।'
                 {नेपथ्य पर एक ही आवाज गुंजित है-
                 महाराज धुमत्सेन की जय....! }


तीसरा कर्मचारी - 'राजन्! समस्त नगर में
                 आपकी जय घोषित है।
                 कृपया आप राज्यसभा चले
                 इसी में सभी का हित है।'१४२


धुमत्सेन-         'यदि सबकी है यही इच्छा
                 तो मैं कृत संकल्प हूँ।
                 किंतु आपके सहयोग बिन
                 मैं राजनीतिज्ञ अल्प हूँ।'
                 (ब्राह्मणों से हाथ जोड़कर...)
                 हे परम पूजनीय ब्राह्मण गण!
                 है आपको मेरा अभिवादन।
                 मैं निभा सकूँ यह कठिन कार्य
                 मुझे दें ऐसा आशीर्वचन।।'


श्रेष्ठ ब्राह्मण -  (दाहिना हाथ उठाकर...)
                 'ऐसा ही होगा राजन्
                 तू सदा सफल रहेगा।

तेरी कार्यों से प्रसन्न
संसार ये सकल रहेगा।।'
{सबके साथ धुमत्सेन का राजधानी की
ओर प्रस्थान।}

# दृश्य 9

{नाट्य मंच पर राज्यसभा का परिदृश्य निर्मित है। सिंहासन पर राजा धुमत्सेन विराजमान हैं। उनके दायीं ओर युवराज सत्यवान बैठे हैं। सभा नव-गठित मंत्रि-मंडल से सुसज्जित है। बहुत से ब्राह्मण मंत्रोचारण से राज्याभिषेक कर रहे हैं।

नेपथ्य और मंच दोनों ओर से महाराज

धुमत्सेन की जयकार गुंजायमान है -

'महाराज धुमत्सेन की जय...!'

नर्तकियाँ सुसज्जित होकर पुष्पों की वृष्टि करते हुए नृत्य कर रही हैं। }


सभी नर्तकियाँ - 'सारे प्रजा गण प्रसन्न हो

राजन् ऐसा ही कर्म करेंगे।

रहे न हृदय में टीस किसी की
ऐसा धर्म करेंगे।

हो दीन, धनी, दुर्जन या सज्जन
निष्पक्ष न्याय करेंगे।
हो संकट जितने भी सर पे
ये शिघ्र उपाय करेंगे।।
सारे प्रजागण प्रसन्न हों...
हम जब भी जीवन में किसी
काष्टों से त्रस्त रहेंगे।
ये सदा हम पर अपना
स्नेहिल हस्त धरेंगे।।
अपनी करुणा सागर से
राजन् जग को सींच रखेंगे।
संपूर्ण राष्ट्र की दृष्टि एक दिन
निज पर खींच रखेंगे।।
सारे प्रजागण प्रसन्न हों...

जितना ही निज कर्मों से ये
हमें उपकृत करेंगे।
हम सभी प्रजा हृदय से

इन्हें सत्कृत करेंगे।।

वैरी न रहेंगे कोई

सब श्रद्धा का भाव रखेंगे।

अपनी उत्कृष्ट कार्यशैली से

जनता में प्रभाव रखेंगे।।'

सारे प्रजा गण प्रसन्न हों...


। पटाक्षेप ।